여보, 나 출근.

학교 다녀오겠습니다.

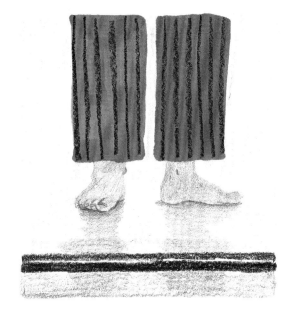

딸, 일어났어?

윤여준 쓰고 그림

이야기를 만들고 전시를 기획합니다. 동양화와 미술 이론을 공부했습니다.

쉬이 보이지 않거나 꼬여 있는 것, 불분명하게 엉켜 있는 것을 좋아합니다.

부끄러움이 많지만 필요할 때 목소리를 더하기 위해 힘을 비축하며 살아갑니다.

함께 쓴 에세이 《그때, 우리 할머니》가 있습니다.

《오늘은 아빠의 안부를 물어야겠습니다》는 쓰고 그린 첫 번째 그림책입니다.

오늘은 아빠의 안부를 물어야겠습니다

개정판 1쇄 발행 2024년 5월 8일 | **1판 1쇄 발행** 2020년 3월 20일

글·그림 윤여준 | **펴낸이** 김상일 | **펴낸곳** 다그림책

편집주간 위정은 | **편집** 이신아 | **디자인** 이기쁨 | **마케팅** 백민열, 장현아 | **관리** 김영숙

출판등록 2023년 7월 27일 제2023-000087호

주소 경기도 파주시 심학산로 10

전화 031-955-9860(대표), 031-955-9861(편집) | **팩스** 031-624-1601

이메일 kidaribook@naver.com | **블로그** blog.naver.com/kidaribook

ISBN 979-11-986354-5-7 (03810)

도서출판 키다리의 새로운 브랜드 '다그림책'은
아이부터 어른까지 **다** 함께 즐기는 **다**양한 그림책을 만들어 갑니다.

＊고품질 인쇄를 위하여 다음의 용지를 사용하였습니다. **표지** : 페스티발 120g | **본문** : 아르떼 130g

오늘은 아빠의 안부를
물어야겠습니다

윤여준 쓰고 그림

아침 먹고 갈 거지?

앗, 늦었어요. 다녀올게요.

밥 다 됐는데, 먹고 가지….

아빠는 매일 아침, 가족의 식사를 차립니다.

처음부터 그랬던 건 아니었습니다.

일 년 전 어느 날, 아빠는 퇴직했습니다.

아빠

여기 우산 써요.

우산도 작은데 뭘! 아빠는 괜찮아.

처음에는 괜찮다고 생각했습니다.

아빠는 여유롭고 한가한 날들을 보냈습니다.

취미 생활도 즐기고

친구도 만나고

처음으로

제 졸업식에도 와 주었습니다.

그리고 아침마다 가족들의 식사를 챙겨 주었지요.

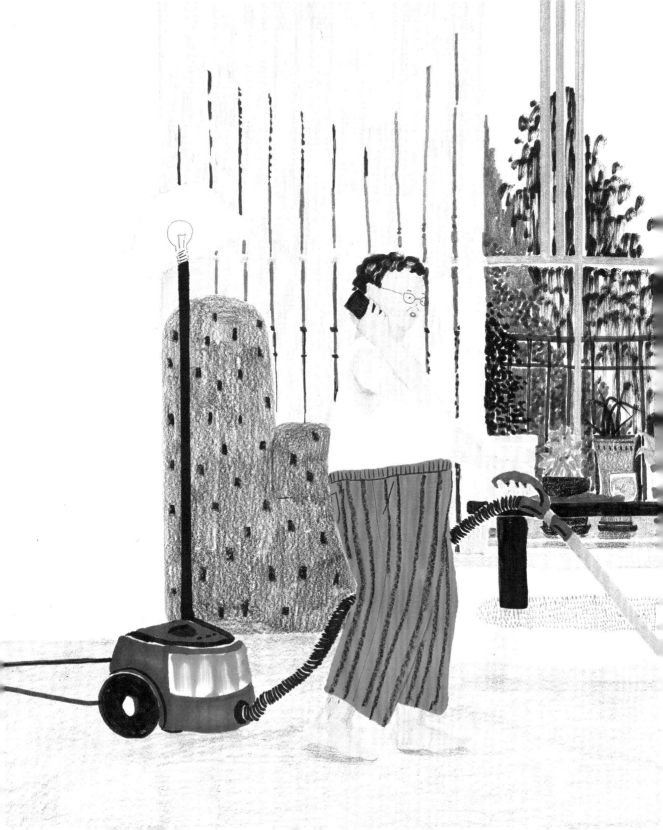

어, 박부장!
나야 뭐, 잘 지내지.
일? 이제 슬슬 알아보려고!

그렇게 아빠는 잘 지내는 것 같았습니다.

그런데 요즘, 아빠가 조금 힘들어 보입니다.

재취업도 쉽지 않고

요즘은 하루가 너무 길어.
일은 다시 할 수 있으려나 싶고….

한숨도 늘어 가고요.

아빠!

여기, 우산

괜찮다니까!

같이 써요. 이젠 제 우산도 제법 커요.

아빠!

일찍 일어났네.

아침 먹고 가려고요.

그래? 같이 먹을까?

아빠, 국 맛있다.
　네가 밥 먹고 가니까 좋다.

오늘은 아빠의 안부를 물어야겠습니다.